60·70전

상
서

60·70전 상서

발행일	2019년 4월 17일		
지은이	최한중		
펴낸이	손형국		
펴낸곳	(주)북랩		
편집인	선일영	편집	오경진, 강대건, 최승헌, 최예은, 김경무
디자인	이현수, 김민하, 한수희, 김윤주, 허지혜	제작	박기성, 황동현, 구성우, 장홍석
마케팅	김회란, 박진관, 조하라		
출판등록	2004. 12. 1(제2012-000051호)		
주소	서울시 금천구 가산디지털 1로 168, 우림라이온스밸리 B동 B113, 114호		
홈페이지	www.book.co.kr		
전화번호	(02)2026-5777	팩스	(02)2026-5747
ISBN	979-11-6299-614-0 03810 (종이책)		979-11-6299-615-7 05810 (전자책)

이 도서의 국립중앙도서관 출판예정도서목록(CIP)은 서지정보유통지원시스템 홈페이지(http://seoji.nl.go.kr)와
국가자료공동목록시스템(http://www.nl.go.kr/kolisnet)에서 이용하실 수 있습니다.

(주)북랩 성공출판의 파트너

북랩 홈페이지와 패밀리 사이트에서 다양한 출판 솔루션을 만나 보세요!

홈페이지 book.co.kr • **블로그** blog.naver.com/essaybook • **원고모집** book@book.co.kr

최한중 에세이 시집

60·70전

상서

북랩 book Lab

석양

석양이 넘어가기 고대하던 시절/
내일의 태양이 기다려졌고
석양이 질 때마다 아쉬움 남는 지금/
내일의 태양이 언제 뜰 줄 모르니

별빛 하늘 속
무수한 그의 궤적이
오늘 따라 생생히 그려진다

2016.8.30.

악몽

계속 오른다
온 힘을 다해 오른다
왜 오르는지는 모른다
어둡고 황량하고 습하고
아무도 없는 곳을 향해 무작정 올랐다
전신이 땀에 젖고 목이 마르다
어느 순간 내려갈 일이 생각났다
아래를 보았다
절벽에 장애물의 윤곽만 희미하다
어이 하지~
바위틈에 끼인 손은 아파오고
다리는 후들거린다
살아 있는 현재/
둘러 봐도 검은 허공/
나의 결단이 필요하다
눈 감고 신에게 맡긴다

손을 놓는다
하느님!
가족도 친지도, 유격도, 119도
떠오르지 않았다
그렇게 또 한 번의 거친 꿈은 지나갔다

2016.9.6.

업보

그냥 가시죠
두리번거려도 황량한 들판에 건질 건
없네요
쌓았던 모든 정 조금씩 삭이며
그냥 떠나세요
쥐었던 모든 것 조금씩 흘리며
그냥 떠나세요
걷다 걷다 힘드시면 제 등에 업히세요
그렇게 또 한세상 흘러갑니다

2016.9.13.

60년 겨울 추억

너무 춥다
오가는 행인들의 얼어붙은 빨간 코/
노점상 연탄불에 오그라지는
오징어 냄새/
버터 대신 고릿한 치즈로 구운 식빵 냄새/
주린 배 요동친다
통금 지난 새벽 거리/
김 솟는 시루떡에 걸신들린 노숙자 뱃속
통곡한다/
빈곤 속의 겨울은 아직도 한참인데~

2016.9.14.

누운 노인의 차렷 자세

여보
내 손 좀 잡아주구려~
뭐하게 다리도 그런데~
손은 몸보다 위에 두고 싶어
차렷은 아직 이르잖아
뒷짐은 이미 버겁고~~~

2016.9.15.

세월 속 시간 풍경

밭 한 구석/ 시든 배추 한 포기/
푸른 적삼 하얀 치마 어이하고
마른 채 저리 궁상떠나

마을 어귀/ 늙은 황구 한 마리/
서기도 버거워 엎드린 채 시선은 동구 밖/
사랑 주던 주인은 어디 가고
멍 때리며 시간 버리나/
세월이 흐르는 줄
이리 빨리 흘러갈 줄
왜 미리 몰랐을까/
나는 영원한 거친 황구이고 싶어라

2016.9.16.

멧돼지

내가 머물던 그 땅이
네가 지나던 그 땅이
내 땅인가 네 땅인가
내가 웃음 짓던 그 시절이
네가 울부짖던 그 시절이
황금기였나 고난의 시절이었나
우리의 인생 흔적 흔적마다 울타리 쳐지면
우리는 야생멧돼지 되어
피 흘리며 길길이 날뛰어라

2016.9.23.

하늘 빚

저어기 파아란 하늘과 지평선을
넘어야죠/
아니, 그동안 이어준 명줄은 어이하고
또 떼 쓰는가/
기를 쓰고 모았던 금붙이 저리하고
평생 받은 사랑 삭일 줄 몰라 그대로
방치한 채/
남은 생 하늘에 빚 갚으러 떠나겠소/
하늘 보고 걸으며 미소 짓고
조용히 속삭이죠/
빚만 지고 떠납니다

2016.9.29.

25

가을 이별

네가 떠나고 흐릿한 여운이 그리움으로
남으려면
나는 얼마나 더 아린 가슴을
추슬러야 하나
떠난 자리 흔적은 아직도 그대로인데
그날이 행여 다시 올까 조바심 버리고
외면한 채 돌아선다
동구 밖 한 길가에 연분홍 코스모스
바람결에 하늘대면
나는 또 가을 이별 준비에 스산해진다

2016.10.6.

정

핥으면 느끼하고
씹으면 고추 맛
두고 보면 국화 향기
곱씹으면 누룩 내음

2016.10.11.

돌고 돌리고

돌리면 돌아가야 하는 손잡이/
누가 열쇠를 채웠나
돌리면 돌아가야 하는 너트/
왓셔가 물고 있나
돌리면 그리 잘 돌던 내 허리/
윤활유가 말랐나
돌리면 적당히 돌아가던 내 머리/
뇌 모양이 왜 이래

2016.10.11.

백발 문화의 공유

너의 문화 속에 나· 잠시 머물 수는
없을까
아니/ 간극이 크다면 너를 내 문화 속에
담가도 좋아
그동안 각각의 생활로 길들여진
맛깔나는 문화인데
시간이 길면 부딪히니 짧은 듯
여러 번 공유하면 되겠지
유한한 시간 속에 속삭이듯
서로의 문화를 탐색하자

2016.10.14.

부부의 색

나의 색깔은 보라색/ 아내는 회색
긴 세월 지나 두 가지 색깔이 뭉개졌다
은은한 보랏빛 회색
우리는 은은한 보랏빛 회색을 자주 찾는다

2016.10.19.

노화

모자를 써요/ 숱 없는 허연 머리통 가리게
선글라스를 껴요/ 처진 눈꺼풀 눈두덩 가리게
마스크를 써요/ 꺼진 볼 처진 턱 주름 가리게
머플러를 둘러요/ 가늘고 마른 목 꺼풀 가리게
장갑을 껴요/ 거친 손 검버섯 가려지게

그나마 보이는 곳 칭칭 감아주면
보일 수 있는 나는 어디 숨었나
마음만 남은 나는 오늘도 애잔하다

2016.10.20.

구멍

살다 보면
지나온 제 구멍 찾기가 왜 이리 힘든 걸까
핀으로 뚫었던 가는 구멍 되찾기가
더 쉬운 걸까
조도를 높이고 돋보기 두께를 더해도
그 구멍은 점점 조여든다
손가락으로 더듬고 벌려도 구멍은
보이지 않고
송곳으로 찌르면 푹 하고 뚫린 구멍.
이 구멍이 내가 찾아 헤맨 그 구멍인가
살다 보면 그런 구멍은 수없이 많지만
나는 지금도 제 구멍 찾기에 열심이다

2016.10.25.

후회

한 시간 전/ 할까 말까
신이 안다면/ 참아라 참아
한 시간 후/ 그리할 걸 왜 그랬어

반세기 전/ 할까 말까
신이 있다면/ 너 자신을 믿어라
고희 들어/ 나도 헷갈리는 우리네 인생

2016.10.25.

아가 사랑

사랑을 더 많이 베푸세요
나는 이따만 한 사랑이 필요해요

그래. 두 팔을 항상 그따만 하게 벌리고
있어야 하는데 괜찮겠어

아니. 지금만 이따만 한 사랑을 주세요
내일 또 이따만 하게 팔을 벌릴께요

그래. 팔을 벌리지 않아도
그따만 한 사랑을 항상 베풀어 줄게.
아가야

2016.10.27.

가을에

제법 부는 바람
빨강, 노랑, 갈색 단풍잎 발아래 떨군다
바람 다시 불어 초록색 잎사귀 날아간다
풍슬에 머리카락 날리듯이.
노화가 두려워 단풍을 포기했나
계절을 멋대로 바꾸는 신도
미물의 행위는 어쩔 수 없나 보다

2016.10.30.

사랑해

소리는 공간 속에 퍼지고
그리움은 시간 따라 더 하는데
그들이 만들어낸 따뜻한 말
"사랑해"

2016.11.14.

성/조물주

남자 하나/
여자 하나/
사람이 두 명/
조물주는 위대하다

노인 하나/
노인 하나/
사람이 두 명/
조물주는 허상이다

갑돌이와 갑순이
암수 한 쌍
조물주는 위대하다

양지에 선 노인
음지에 선 노인

사람이 둘
조물주는 허상이다

2016.11.16.

수퍼 달

저기 큰 달은 내 달인데
하비 달은 어디 있지?
아니, 달 속에 뭐가 있지?
토끼가 있잖아
그래, 그 토끼를 하비가 키우고 있잖아
그럼 하비 달이네, 내 달은 어디 있지?
네가 안을 수 있게 작아지도록 빌어라
며칠이면 네 머리만 한 작은 달이 뜰 거야
고마워 하비

2016.11.19.

노안

멀리 넓게 보시고
가깝고 작은 것은 실루엣만 보세요
먼 것은 큰 그림만 보시고
가까운 것은 본체만체 하세요
나이 들어 난체 하면
치매는 넘어가도 심장이 터집니다

2016.12.2.

백년해로

이리 생긴 사람과 저리 생긴 사람이 만나
살고 지고/
요리 생긴 사람과 그리 생긴 사람이 만나
10년을 지나 20을 찍고
40년을 살았구려/
족히 남은 게 30년
지겹도록 긴 세월
그래도 가는 거요 손바닥 간질이며

2016.12.4.

불확실성 시대

불확실성 시대에 살며
신의 간섭 없이 확실한 미래를 기대하기엔
너무나 큰 고민이 기다린다
예측 불가한 자연재해,
기계적으로 변질하는 인간 세태
신이 있다면
신을 외치지 않아도 믿음의 확실성이
보장되는 사회가 존재해야 하지 않을까
신을 외쳐야만 소통된다면
그 신도 완전한 신은 아니다
우리는 영원히 불확실성 시대를
벗어날 수 없다

2016.12.4.

쉼터

눕고 싶다
자꾸 자꾸 눕고 싶다
오래 오래 눕고 싶다
계속 눕고 싶다
잠들 때까지
태어나선 코앞의 엄마 젖만 보이고
눈 감을 땐 창문너머 먼 하늘만 보인다
쉼터를 찾아 ―

2016.12.6.

호놀룰루

유년시절 떠다니던 푸른 구름
여기서 보았네
꿈속의 소년시절 달콤했던
그 공기를 여기서 마셨네
좌충우돌 거침없던 청년시절
그 움직임 여기에 있었네

삼십 년 전 그 자리에 다시 서서
오늘을 보았네
여기는 호놀룰루

2016.12.24.

원

열차가 달린다
열차 따라 몸도 달린다
선두가 보인다 오목곡선부에서.
선두가 보여야 안심이다
나는 계속 선두를 보고 싶다
돌다리 두드리다 나는 지금껏 원 주위만
맴돌고 있었나 보다

2016.12.12.

회상

나래가 펴질 즈음 그의 신음이
새어 나온다
한 번 더 뒤척이면 아랫배가 꿈틀한다.
성장하면 거치는 통증.
그가 비상하며 돌아본다
하늘 아래 고향을.

2017.1.11.

봄의 소리

새 봄을 부르는 소리가 너무 무거워.
숨쉬기 거북한 희뿌연 하늘.
수준 낮은 정치권 패거리 싸움.
숟가락 얹은 매스컴, 패널, 따라지들.
도움이 절실한 불우 이웃,
거기에 아프리카 난민 걱정.
소모적 행사에 나라는 희망이 절벽.
우리는 또다시 반세기 전으로
돌아가야 하나

2017.1.19.

틀

큰 틀 속에 갇혀 작은 틀을 빚는다

10년 지나 느슨해진 큰 틀 벗어나
작은 틀에 갇힌다

작은 틀 안에서 큰 틀을 꿈꾼다
사방 걷어 젖히고 부속을 조립한다

10년 후 아담한 작은 틀을 벗어나
넓은 큰 틀에서 웃는다
큰 틀 안에는 수많은 작은 틀이 모여 있다

나의 틀 안에서.

2017.1.27.

어느덧

내려다보이고 싶지 않다
앞장섰지만 뒤를 보이기도 싫다
황혼녘에 굽은 등, 더딘 행보.
그래서 혼자이고 싶다.
무리 속 외로움에 더 익숙해질 때까지.

2017.1.28.

길

걷다 보면 멈춰야 하는 막다른 길.
앞만 보며 쳇바퀴 돌던 인생길.
걷지 않아도 되는 황혼녘에
그 길 위에 서야 하나.
아직도 걷지 못한 길은 너무나 많은데

2017.1.29.

떠나는 자/떠나가는 자

떠나는 자는 자의적이고
떠나가는 자는 타의적이다.
떠나야 할 때 떠나면 떠나는 자/
그때를 지나 떠나면 떠나가는 자/
떠나는 자는 아쉬움을 남기고
떠나가는 자는 뒤끝만 남긴다
그칠 때가 언제인지
떠날 때가 언제인지

2017.1.31.

나이

자식들 거동마다 덧 나이 씌워 갔고
손주들 재롱 따라 주름살 뭉개졌다
불혹의 자식들 서서히 멀어지면
손주들 자연히 떠날지니
더도 말고 덜도 말고
여기서 멈추어라
세월 속에 내 얼굴
예전대로 내밀고 싶어라

2017.2.4.

위선

그건 거기 있어야 하고
이건 여기 두어야 되요.
완벽/정상을 향해 달리던 그가.
흐트러짐을 보면 눈길을 쏘던 그가.
스스로 망가졌다.
자기가 살기 위해.

2017.2.10.

사물

문질러야 떨어지는 것이 있다
털어야 떨어지는 것이 있다
물에 넣어야 떨어지는 것이 있다
눈물을 보여야 떨어지는 것이 있다
수없이 반복해야 떨어지는 것이 있다
그러나 영원히 떨어지지 않는 것이 있다

2017.2.12.

어떤 잎새

마른 잎 져야 새순 돋는데
비바람 견디며 아직 그대로.
순리의 역행인가 모진 저항인가
안쓰럽고 위태로운 그 잎은
오늘도 헤롱댄다

2017.2.15.

혼돈

적 속에 내 있으니
나는 적군인가 아군인가
노숙자 쉼터를 지나치니
나는 노숙자인가 방랑객인가
산속에 들었으니
나는 자연인인가 도시인인가
노인들과 어울리니
나도 그새 노인이 되었구나

2017.3.2.

꿈

왜 이리 어지럽지?
잠시 후 잠이 든다/
푹신한 뭉게구름 위를 걷다 기우뚱
새털구름 위에 정좌한다/
사이사이 비치는 발아래 광경
어지러운 인간은 어디가고 황량한 산야와
검푸른 바다뿐인가
설치던 너희는 어디 숨고
떼 지은 그네들은 어디 갔나/
아래만 쳐다보다 내려올 생각하니
아찔하구나

2017.3.6.

탈출

부웅 떴다/
두둥실 천정을 맴돈다/
여명이 새어든 방 안/ 내 자리는 지워졌다
바람결에 빨려나가 비스듬히 앞산을
지난다/
동쪽 햇살에 눈이 부셔 좌로 튼다/
아—아, 저기는 북망산/ 부모님 계신 곳
다시 우로, 우로 향한다/
남쪽 나라 따스한 곳/ 내 편히 쉴 곳
속절없는 탈출은 오늘도 이어진다

2017.3.9.

저기요!

저기요! 저 깃발이 보이시나요
우리는 깃발이 펄럭이면 흥분합니다
독립운동, 사상전쟁, 민주혁명 등등
모두가 깃발의 산물이지요

저기요! 저 촛불이 보이시나요
우리는 촛불을 보며 최면을 겁니다
사회운동, 정치파동, 탄핵 등등
조용한 저항이지만 촛불이 지니
우리의 민낯이 부끄럽네요

저기요!
깃발은 내려지고 촛불은 꺼졌지만
마음 한구석은 여전히 허전합니다

2017.3.22.

인연

무료함 달래려고
스쳐 간 인연 끄집어내면
나는 행복한가요/
두고두고 썰렁한 침대에 누워
하나씩 재생해 보면
반성과 회한이 밀려오겠죠/
그러나 한세상 삶에
누구나 가져보는 그림 아닌가요/
짝사랑도 있고 집착, 배신
그리고 무관심도 있겠죠/
무수한 인연 속에 무한한 인연을 꿈꾸는
우리는 아직도 천진한 아이들입니다

2017.4.17.

봄꽃

저 그리 싱그러워 내 마음 흐렸을까
나 또한 작아져 하얀 몰골 되었으니
애꿎은 세월 탓 푸념마저 덧없어라

2017.4.20.

그대의 문

그대의 문이 닫히면
나는 대화할 수가 없구료
그대가 문을 닫으면
내가 바라볼 수가 없구료
그대도 모르게 문이 닫히면
내가 드나들 수가 없구료
나만의 공간에 갇힌 그대의 문
활짝 열어젖혀도 예전의 그 문이 아니니
낡고 병든 모습 석양에 비칠까
조바심 내어 무슨 소용 있겠소

2017.5.16.

나의 시간

정확히 흐르던 시간이 빨라졌다
동작이 느려져 느끼는 상대성 원리인가
멀리 있는 산은 그대로 저만치 있는데
시간이 빨라졌다
걸음의 속도가 느려지고 사고의 속도마저
가끔씩 멈추는데 시간은 빨라졌다
넋 놓다 영원히 잠들까 조바심에
마음의 시간이 빨라졌다
시간은 정확히 흐르는데 나의 시간이
빨라졌다

그냥

내가 펼친 신천지에 그대 들어와
점찍으니/
점, 점 서로 이어 내 갈 길 생겼도다/
세월 흘러 만든 행복
두꺼워 쉬이 뭉개지지 않으련만/
느긋함 아쉬워 조바심 속에 오늘 간다

2017.6.6.

인간/세월

초록이 더해지면 진록/
진록이 더해지면 검정/
인간의 머리는 검정으로 태어나서
회색/백발이 되고 그마저 거둬지니
자연 속의 인간은 세월의 손님이다
잠시 머물다 비료 되어 숲으로 돌아간다

2017.6.19.

추억

가던 길 멈추고 뒤돌아본다
내 체취/ 족적 그대로 느끼는데
오던 길 돌아가면 내 과거 지워지나
차라리 큰 원 그리며 돌고 돌아
아련한 추억 속에 살고 싶다

2017.6.21.

합

잔잔한 피아노 반주에 헤비메탈이
겹쳐지면 소음이 되고
요염한 나신 필름에 테러의 영상이
포개지면 낙서가 된다
조용한 여자와 걸쭉한 남자가 만나면
찰떡 조합인가
두 개가 겹쳐지고 포개진다고
최선은 아니다

2017.6.22.

분침/시침

내가 제자리를 12바퀴 돌 때
너는 겨우 한 바퀴 돌고 거드름 피는데/
한 배에서 키 좀 작게 태어난 게 유세냐/
너는 세상을 느긋하게 즐기는데
나는 땀나게 뛰어봐야 항상 제자리네/
너는 나 없이도 구실을 하지만
나는 너 없으면 시체니
세상 불공평하지만 이런 게 운명이지

2017.6.26.

포부

천 리를 걷고 십 리를 더 걷기는 쉬워도
십 리를 걷고 십 리를 더 걷기는 괴롭다
큰 계획 성공 후 다음의 성공은
용이하지만
큰 계획의 성공엔 집착과
추진력이 요구된다

2017.7.4.

두 개의 터널

뚫려 있나요/ 네
얼마나 길죠/ 글쎄요
끝이 있나요/ 네
관통했나요/ 글쎄요
들어갈까요/ 생각해 보고요

2017.7.5.

어느 인생

서리움 묻고
노여움 묻고
그리움마저 미뤄둔 채
즐거움 좇아 길 떠났네
본능대로 살아볼까
아차 어느새 노구인가

2017.7.7.

화

안으로 스며들면 내가 열 받고
밖으로 내뱉으면 네가 열 받네
염증과 같은 '화'
너와 내가 살고자 비껴야 산다

2017.7.11.

눈/눈

인간이 숨 쉬며 열려 있는 문/
눈구멍, 귓구멍, 콧구멍, 말구멍, 똥구멍, 옥문
죽어 10년 후 열려 있는 문/
눈구멍 두 개
인간의 영혼은 하늘을 향한다

2017.7.14.

우리

출생/ 결혼/ 입신
그렇게 모든 인연은 이어지고
사망/ 결별/ 애증/ 출가/ 은퇴로
가졌던 인연은 점차 끊어지니
지금의 인연에 감사합니다

2017.7.21.

그네의 방

그네의 방은 좁고 길다
복도는 어둡고 습하다
눈 감은 채 더듬고 들어가야 더 아늑하다
그네가 방에서 손짓한다
나는 오늘도 그네의 방을 찾는다

2017.7.28.

흐르는 것들

강물은 흐른다
세월도 흐른다
인생도, 은하도 흐른다
역사 또한 흐른다

모두 끝없이 흐르는데
끝을 향해 흐르는 건 인생뿐
쉬며 가면 어쩌련만 무리에 묻혀
흐르는 인생
오늘도 우리는 부딪히며 흐른다

2017.8.1.

횡설수설

넓게 살까 깊게 살까
살다 보니 이어진 삶은 바꿀 수 없지만
천성으로 태어난 삶도 바꿀 수 없다
넓게 살면 주변은 괴롭고
깊게 살면 나 혼자 외롭다
이리 살까 저리 살까 그 고민도 사치다

2017.8.3.

그들

발길 닿는 곳곳에 그들이 있다
팔고/ 구걸하고/ 빼앗는 그들이 있다
미소 짓고/ 말 걸고/ 의지할 수 있는
편안한 그들도 있을까

그래서 무인 섬으로 밀려났을까/
산간 오지로 숨어들었나
우리는 다시 헤쳐 모여야 한다
그냥 멍 때리는 얼굴로~

2017.8.4.

떠도는 그림자

어둠이 내리면 산 자들의
그림자는 요동친다/
조명 아래 부산히 움직이다
점점이 사라진다/
그림자의 동선은 예술이다
사랑의 속삭임도 범죄의 현장도
무채색 일관이다/

어둠속 하늘에 떠도는 그림자는
영혼을 싣고 다닌다/
떠돌다 지쳐도 머물지 않는다/
빨. 주. 노. 초. 파. 남. 보 무지개색
그림자/
어둠속 그림자는 오늘도 떠돈다

2017.8.17.

썩을 숫놈

거두지 못할 씨는 뿌리지 말아야지/
일단 뿌린 씨는 죽을 둥 키워야지/
찍 싸기는 짐승의 대명사/
씨 뿌리고 거둠까지 한 세상/
이도 저도 아닌 것이 찍 싸고 나 몰라라/
처 죽일 숫놈

2017.8.23.

계절

가을을 멀리하던 무더위/
아침 바람 타고 하늘은 높아지고/
달력 젖힐 즈음
가을은 코앞에 왔다/
국화차 찻잔에 꽃내음 맴돌면
아— 나는 또 한 계절을 보내고 있는 걸까
맞이하고 있는 걸까

2017.8.30.

그리운 얼굴

그리워하다 두드러진 그리움은 살색/
얼굴 한 점 한 점 새겨보니
윤곽 없는 공간에 검은 머리와
반짝이는 눈동자뿐/
내가 애타게 그리워하던
그 얼굴은 어디 갔나/
한 세월 지나 주름 패인 몰골 비쳐지면/
그때는 눈 감고 그리워해야 하나

2017.9.1.

노년의 외로움

사랑을 나눈 사람이 곁에 있어도
돌아누우면 나는 쓸쓸하다/
한 세월같이 한 가족이 곁에 있어도
흩어지면 나는 허전하다/
생사고락 뒹굴던 친구가 곁에 있어도
주름 패인 얼굴 마주하면 나는 슬퍼진다/
나는 다가올 외로움을 두려워하고 있나
스스로 외로움을 미리 즐기고 있는 걸까/
갈수록 끈질긴 고독은 밀려오는데
잔잔한 음악 선율 속에
모든 시름 재워질 순 없는 걸까

2017.9.11.

쉼터

내가 편히 쉴 곳은 어디인가/
누우면 두 눈이 스르르 감기고
꿈속에 지난 추억이 가볍게 스쳐 가는/
가끔씩 작은 새소리 귓가에 맴돌고
창가엔 봄 햇살이 반쯤 들이대는/
그곳은 피난 시절 낙동강가 작은 마을
아니, 수복 후 뭉게구름 떠돌던
집 마당 평상인가/
쉬기 전 깬 다음을 걱정하는 나는
영원히 쉴 곳을 잊어야 하는 걸까

2017.9.14.

143

삶

떠밀려 산다/
나를 떠미는 자는 누구인가/
사회, 회사, 가족 아니면 신인가/
떠밀림이 싫어 산에 오른다/
왜 이리도 많은가 산에 오르는 자는/
산행 중에 등 떠밀리면 외롭지 않으련만
떠미는 자가 없다

2017.9.21.

우리

내가 즐겁다고 네가 즐거운 건 아니고
네가 서럽다고 내가 서러운 건 아니지
어차피 인간은 나면서부터
사는 문화가 다르니
만날 때만이라도 더 낡기 전에
웃음이라도 공유하자

2017.9.30.

두 사람

"1" 더하기 "1" 하면 "2"
"1.0" 더하기 "1.0" 하면 "2.0"
"1.0"인 사람과 "1"인 사람이 만나면
둘의 완벽성은 "2.0"일까 "2"일까
나는 반세기 지나 깨달았다
"2"도 "2.0"도 아닌
영원히 "1.0+1"이라는 진실을

2017.9.30.

그냥 쓰래

헐렁해진 자켓 손보려 맡기니
'리폼비 비싸요 그냥 쓰시죠'
오래전 시술한 백내장 눈 침침해
재수술 문의하니
'안 하니만 못하니 그냥 쓰시죠'
손바닥에 생긴 단단한 혹 걱정돼 갔더니
'오그라질 때까지 그냥 쓰시죠'
얼굴/ 손 잡티 제거 차 방문하니
'너무 많고 또 생기니 그냥 쓰시죠'
수명 다해가는 모든 것은
그냥 쓰는 것이다

2017.10.10.

하늘과의 대화

당신이 계신 천상에 내가 발을 디디면
당신과의 소통이 가능한가요
내가 있는 지상에 당신이 내려온다면
나는 기꺼이 당신을 따르렵니다
내가 가진 자리도 당신에게 드리고
나는 훨훨 날아 보렵니다
상상 속의 날개 달고 천상과
지상의 공간을 마음껏 누비렵니다
잠도 꿈도 소용없는 최상의 현실 속에
달콤한 시간을 가지렵니다
당신이 내 곁에 있는 동안 나에게는
동심의 세계가 펼쳐집니다
당신은 언젠가 떠나겠지만
나는 이대로 살아가렵니다

2017.10.17.

가을의 문턱

잎 떨궈 바닥을 덮고 나신이 되다/ 나무
반소매 얇은 치마 위 바람막이 코트를 거치다/ 여인
안개, 먼지 걷히고 푸르름이 극성이다/ 하늘
땀방울 들이고 산들바람 자주 분다/ 산

2017.10.19.

가을 속

서리 내린 유리창에 가을 햇살 내리쬐면
반짝이던 서릿발 금세 녹아
방울지어 흐르다가
어느덧 자국 남기며 하늘 속에 사라진다
가을에 얽힌 추억 점점이 들춰내다
가물가물 언제인가 생각마저 흩어지니
텅 빈 머릿속 가벼워서 고마워라
반백에서 일백으로 꽉 채워 가는 길에
걸친 것 하나씩 뿌리고 가는 맛도
거절하기엔 사치인 것 같다

2017.11.1.

손가락

아가야
네 손 위에 내 손을 포개면
손가락은 몇 개?
5개지

결혼 축하해
네 손과 내 손 맞잡으니
손가락은 10개

긴 세월 지나
병상의 내 손 감싸 안은 네 손의 손가락만
5개

2017.11.3.

마른 낙엽

산길 머리 위 마른 잎 하나
허공에 춤춘다
거미줄 그네 삼아
앞뒤로 흔들리다
바람결에 팽그르 제자리 돌기
다음번 산행에도 그네 타고 있으려나

2017.11.6.

삶

누군가 터널 속에 들어간다
어둡고 음습하고 냉기가 달려든다
가끔 신음소리. 괴성도 들린다
되돌아 나오면 또 들어가야 한다
터널은 누군가를 필요로 하는 걸까
나는 어제도 들어갔고 오늘도 들어간다
언제까지 들어가야 하나
나의 신음소리를 누군가
들을 수 있을 때까지

2017.11.13.

그물

벗어나려 애쓰지 마오
부딪히고 넘어지고
뚫려도 완전히 벗어나지 마오
손발만 빼고 마음껏 휘저어요
적절한 구속, 작은 자유는 노인의 쉼터
때가 되면 그물은 스스로 걷혀지고
우리는 흩어져 떠납니다
저곳 저승으로

2017.11.30.

노인과 바람

아무리 뛰어도 바람에 뒤지고
아무리 맞서도 바람에 밀리고
아무리 외쳐도 바람결에 묻힌다
노인. 바람 속에 쓸려 왔다
바람 속으로 사라졌다

2017.12.7.

눈 소리

쓰윽 싹
새벽잠 깨우는 소리
쓰윽 싹
골목길 눈 치우는 소리
쓰윽 싹
길바닥 긁는 눈가래 소리

2017.12.18.

어떤 인연

가던 길 멈춰서면 당신도 따라서 멈출까요
미소 짓던 공간적 좌표로 거슬러 올라가요
시간은 거스를 수 없어도 주름살 접고
멀어진 시력으로 그곳을 바라봐요
수목이 변해도 먼지 낀 하늘은 그대로.
나는 여기, 당신은 저기
달라진 건 치솟던 그리움이 뭉개진 것 아닐까요

2018.1.2.

회귀

간 것만큼 되돌아와야 빈손인 것을/
갈 때는 정신 놓고
하늘이 보인 순간 멍 때려본다/
올 거리 가늠하고 달려갈 것을
앞질러 제끼다 상처 난 다리는
오지도 못하고 주저앉을라/
쉬며 쉬며 돌아온 여기에
나 아닌 어르신 누워있네

2018.1.5.

어쩌지

가려고 갈 수 없던 유년기는
잊은 지 오래/
오려고 올 수 없는 노년기에 서서/
그래도 간 만큼은 돌아와야 하는데/
여기저기 묶여서 움칠하기 힘들고/
기억도 육신도 따르지 못하니/
어쩌지!
어쩌지!

2018.1.7.

머리 싸움

길게 뻗어 나온 게 내 다리인가
너의 숨겨진 꼬리인가/
누운 채 보면 알 수 없고
만져봐야 구분되네/
덮힌 이불 거둬내면 바로 알 것을.

2018.1.9.

꿈길에서

멀지도 가깝지도 않은 곳에서
들어 본 듯도 눈으로 본 듯도 한 곳에서 길을 잃었다
어디로 가야 하나
물어볼 사람도 차편도 생소하다
만원버스에 올랐지만 내릴 곳도
갈아탈 차편도 생각나지 않는다
내 손엔 핸드폰도 없다
주저앉으면 끝장인가
걸을수록 거리는 멀어지고 지친다
나는 혼자다. 가족도 친지도 사라졌다
그들이 누군지도 떠오르지 않는다
식은땀에 뒤척이다 동트는 창틈의
여명에 눈이 튼다

2018.2.5.

유리컵

저기 놓인 파란 유리컵/
어린 시절 아련한 추억이 한 움큼/
부모형제 애증도 한 움큼/
자식들 자랄적 영상도 한 움큼/
마지막 내 모습 넣으려다
파란 유리컵 누렇게 변할까 던져 버렸다

2018.3.5.

서러움/ 즐거움

슬픔은 주변에 의해 만들어지고
서러움은 스스로의 느낌인데
즐거움은 타인과 자기 스스로에 좌우된다
서러움과 즐거움이 교차되는
조울증에 중독된 우리는
오늘도 덧없이 살아간다
마음과 몸이 덩달아 즐겁던지
서로 교차되어 즐거우면
슬픔과 서러움에 길들여질 수 있을까

2018.3.6.

인간/오름

태어나 뒤집기 끝나자 계속 오른다/
의자. 밥상. 침대
배우며 닦으며 계속 오른다/
시험. 대회. 경기
사회 속에 몸담으며 계속 오른다/
승진. 년봉
마지막으로 몸은 놓아둔 채
머리만 떠오른다/
구름나라

2018.3.12.

봄기운

먼지 씻긴 봄비 거쳐 간 자리
무심코 바라본 나뭇가지 새싹 움트다
물기 머금은 숲속 봄 내음 물씬
뱉아 낸 기운 한껏 들이켜 싱그럽다

2018.3.20.

종아리

어린 시절 회초리의 매듭, 종아리
자국은 언제나 이등병,
자라면서 상등병
청년 시절 건각의 대명사,
종아리 굵을수록 눈이 가고
노년엔 골다공증 종아리
넘어지면 어김없는 골절상
아리 아리 종아리
사지 사지 맛사지

2018.4.5.

언젠가는

쉰 달빛에 여문 거친 얼굴
바람결에 흔들린 나뭇가지 창가에
어른댈 때
감은 눈 살짝 떴다 다시 감고
깊은 잠에 빠졌다

2018.4.30.

그렇게

그렇게 버틸 거면 왜 뜨거운 손을
내미셨소
화해는 투쟁의 종식이 아닌가요

그렇게 누울 거면 왜 험한 치료를
견디셨소
차라리 하루라도 편안하게 보내시지

그렇게 던질 거면 왜 그리 짠내 나게
굴었나요
어차피 갈 때는 나이순이 아닙니다

2018.5.8.

우리는

정년 이후는 남의 인생이었지
환갑이면 막장. 그것이 어제인데
늘어난 기대수명에 놀라고
준비 안 된 시간벌판이 생소해라

6.25 전쟁 미움 먹고 버텼고
국가 재건, 새마을사업에
군말 않고 따랐지

귀 먹먹, 눈 침침

IT마저 낯설어 현실 외면하고 살자니
이게 바로 왕따 인생
고상하면 외롭고 저속하면 주책이니
단순 본능 껏 살고파라
먹고 사랑하고 눈감고.

우리는 무엇으로 살아야 하나
눈 뜨고 먹고 사랑하고——
우리는 무엇으로 살아야 하나

2018.5.15.

어느 노인

어머니 저고리 끈, 아버지 바지 끈 물고
태어나
짝짓기 피붙이에 가는 허리춤 내어주고
등골 빠지고 기진하여 혼절하다
되찾은 육신 옆엔 달랑 부러진
지팡이 하나
그거론 일어날 수 없는데 나 어쩌라고
저어기 저 고목에 저승줄 동아리 하나
매어주소

2018.5.11.

너와 나

너는 아래 나는 위에
너는 지신 밟고 나는 천신 업고
천지를 대신한 우리는
천둥번개 몰고 와 열반에 들리라

2018.5.27.

종소리

종이 울린다
아침 햇살 따라 그리움 솟던
그녀가 떠났나보다
늙고 추한 몰골은 상상에 던지고
싱그럽던 추억만 남기고 싶은데

종이 울린다
앞산 뜬구름 텅 빈 하늘가 그득했던
그녀 모습이
종소리 여운에 너울져 흐르더니
저 멀리 지평선 너머 날아가 버렸다

2018.6.12.

치매

태어나 본능으로 울부짖다
철들어 이성과 감성으로 혼돈 속에
몸부림치다
정신 놓고 멍하게 본능으로 돌아오다
우리는 무엇으로 사는가

2018.5.29.

야생화

이름은 모르지만 작아서 더 예쁘다
계속 지저귀는 이름 모른 산새/
촐싹대서 더 사랑스럽다
산행 중 스쳐 가는 여인/
땀에 젖은 얼굴이 싱그럽다
그래도 야생에 핀 들꽃이 가장 아름답다

2018.6.30.

예전엔

그냥 입어라
모양—색깔은 저만치/
작거나 크거나 그냥 입어라/
몸 가리고 추위만 견디면/

그냥 먹어라
맛과 식감은 저만치/
상하지 않았으면 미원—미풍 듬뿍 쳐 그냥 먹어라/
주린 배 채워 살고 싶으면/

그냥 참아라
잇몸이 고름 지어 턱관절이 퉁퉁해도 그냥 참아라/
병원이 저만친데 금계랍 솜 꽉 틀어막고
고통을 즐겨라/

2018.6.30.

세상

세상 속에서 꿈꾸는 머나먼 저곳/ 이상향
세상 밖에서 바라본 세상 속/ 피안
너와 내가 사는 속세/
저 멀리서 내려 보면 점.점.점

2018.8.3.

족적

그대의 열기에 녹아내린 촛농이
바닥에 깔리고/
나는 그 위를 밟아 족적을 남기겠소/
촛농도 흐르다 굳듯이
열기도 세월 따라 식어버리고/
나는 오늘 흔적 남긴 발을
주무르고 있다오

2018.8.9.

빛바랜 책속에서

철수야 순희야 바둑이하고 놀자
철수는 파랑바지 순희는 분홍치마

마실서 돌아온 철수는 회색바지
노인정에 드러누운 순희는 감색치마
바둑아 바둑아 어디 있니

2018.8.10.

사랑 내음

그는 꽃씨를 심었다/
그녀는 물을 듬뿍 주었다/
꽃망울 터질 즈음
그들은 꽃 속에 숨었다/
꽃내음 진하게 퍼진다

2018.8.17.

시간 속 인간

한 세월/ 여자 하나 남자 하나
갱년기 지나/ 사람 하나 사람 둘
똥칠 시작/ 동물 하나 동물 둘

2018.8.27.

밀회

처음엔,
이래도 되나요/ 그녀가 속삭인다
다음엔,
이래도 되는 건가/ 그가 되뇌인다
그 후엔,
아무려면 어쩌나/ 지금을 즐겨요

2018.8.29.

들꽃

저 꽃이 피고 질 때 나는 무엇을 하였나
딱 한 번 그 꽃을 쳐다보았을 뿐이다
저 꽃이 피고 질 때 나는 무엇을 하였나
너무 작고 미미해 눈길을 돌렸을 뿐이다
저들은 숨어 숨어 없듯이 피어나는데
우리는 왜 그들을 후벼 파고 있는가
자연 속의 그들만도 못한 인간이기
때문이다

2018.9.11.

끈

묶인 몸보다 매인 몸이 낫고
매인 몸보다 아바타가 낫고
아바타보다 노숙인이 나은데
노숙인은 외롭다

2018.10.11.

아! 벌써

오르니 재/
내리니 골짜기/
오르내리기 몇 번에 황혼이라/

재는 저만치/
골짜기는 마르고/

눈 감으니
재는 코앞에/
골짜기엔 물소리 콸콸

2018.12.1.

수목

수목은 세월 따라 굵어진다
길이만 자라는 것도 있다
그러나 겉모습에 변화가 적은 것도 있다
내부가 치밀해져 밀도만 높아진다
단단한 수목은 썩지 않는다

2018.12.14.

달빛

밤하늘 달빛 가득 차면
골목길 내닫던 옛 동네 그립고
섣달 보름 달빛에 찬 서리 곁들면
얼음 배인 발가락 지금도 가려워라
그윽한 달빛 속에 손 내주던 그대여
나의 달은 기우는데
그 시절 그 추억이 왜 이리 시리운가

2018.12.20.

슬픈 인연

내가 살아 저 산에 서면/
이 산의 너는 소리쳐 부르고/
저만치의 모습이 너무도 애틋해/
가로막힌 계곡/ 돌아가기엔 너무 멀어/
서로 보고 소리치다 마는 사이/
또 한 해는 가고~

2018.12.27.

활공

나는 오늘도 날고 있다
뒤로는 높은 산 좌우엔 구릉들
앞에는 넓은 평원
그 너머엔 작은 강물이 대지를
휘감아 돈다
나는 작은 멍석 위에 엎어져 세상을 본다
더위도 추위도 없고 다만 밑에서
쳐 오르는 바람만 느낀다
내가 자라며 헤집던 고향인지
피난 중 등에 업혀 눈에 담은 풍광인지
내가 꿈속에 그리던 이상향인지
나는 또 눈감고 날고 싶다
날개도 없이 혼자서~

2019.1.8.

사시

똑바로 보세요/ 세상을
삐딱히 본다고 그늘이 보이나요
당당하지 못하다면 차라리 눈을 감아요
떳떳한 눈빛은 모진 마음도 녹입니다
사랑하고 용서하고 베푸는 세월로
그대를 초대합니다

2019.1.14.

선택

사람 하나. 나는 헌 옷이 해어지면
새 옷을 입겠소
사람 둘. 나는 새 옷부터 입고
싫증 나면 헌 옷을 입겠소
사람 셋. 나는 헌 옷, 새 옷 잡히는 대로
입겠소
공원 벤치에는 새 옷과 헌 옷이 섞여 있다
무채색 옷은 새 옷인가 헌 옷인가

2019.1.22.

나 그리고 그들

넋 놓고 바라본 하늘가에
여객기 태양을 가리며 지나간다
그 안엔 많은 사람 각자의
사연 안고 떠나간다
나는 그들과 소통 없이 바라볼 뿐이다
누군지는 모르지만 누군가 타고 있음은
분명하다
나는 그들이라 부르지만
그들은 나의 존재조차
느끼지 못한다
물체 속에 갇혀 시야에서 벗어나면
매체를 통해서만 삶의 존재가 느껴진다
나는 그들이라 부르는데
그들 속에 나는 없다

2019.1.29.

시간 속에서

오늘 힘 있다고 내일도 힘 있는 건 아닌데
멍구야 조심해라 다칠라
지금 웃는다고 밤에도 즐거운 건 아닌데
선희야 표정관리 해라 헤퍼 보일라
머리속은 비워지고 머리칼은 하얘지는데
시도 때도 없이 밀려오는 건
집단 속의 고독함뿐이다

2019.2.11.